經典少年遊

008

封神演義

神仙名人榜

Investiture of the Gods
Defeating the Tyrant

繪本

故事◎王洛夫

繪圖◎林家棟

商朝時，紂王被千年狐狸精附身的妲己所迷，不僅沉溺於享樂，不好好處理國家大事，還殘害忠心的大臣，造成天下大亂，百姓生活困苦，許多諸侯國王只好起兵反抗。

陳塘關總兵李靖，十八般武藝樣樣精通，平日辛勤的訓練軍隊，把守關口。就在這時，他的夫人已懷孕三年半，孩子卻還生不下來，常摸著肚子擔心的想：「真可怕，會不會是懷了妖怪？」

有一天，夫人夢見一位道人進入房裡，手中拋下一個東西說：「夫人快接，這是妳的兒子。」夫人驚醒，嚇得全身是汗，不久就生下了一個肉球。李靖聽說這件怪事，急忙來到房裡，看到紅光四射，還聞到奇特的香味。

李靖以為是妖怪，拿起寶劍一砍，肉球中竟跳出一個小娃娃，右手套著金鐲子，肚子上圍著紅色的絲繩，在房裡跑跑跳跳，可愛極了，李靖和夫人的心裡真是又愛又怕。

第二天，一位道人來拜訪李靖，自稱是從金光洞來的太乙真人，一聽出生的時辰，便說：「不好，犯了殺戒，不久後他有災難，衝動的個性需要調教。請讓我為他取名，收作徒弟好嗎？」李靖歡喜接受，孩子被命名為「哪吒」。

不知不覺過了七年。 哪吒有天覺得很熱， 便到九灣河邊， 把七尺長的混天綾放在水裡沾水洗澡， 竟然把河水都映成了紅色， 卻不知不遠就是東海， 東海龍王坐在水晶宮裡， 感覺海水變紅， 宮殿也在震動， 就派了一個夜叉去查看。

哪吒看到水裡突然冒出了夜叉，便問：「你是什麼怪物？竟然還會說話？」「真沒教養，你怎麼可以罵我？」夜叉生氣的拿斧頭朝哪吒劈了過來，哪吒躲開，用右手套著的金鐲子砸中夜叉，沒想到夜叉竟然就死了。

消息傳回龍宮，龍王驚訝的說：「夜叉是玉皇大帝任命的，誰敢打死？」於是派了三太子敖丙，帶著蝦兵蟹將前去捉拿。

這時大浪嘩啦嘩啦，如山崩一樣拍打過來，水中出現了一隻怪獸，怪獸上騎了一個身穿盔甲的勇將，生氣的大喊：「我是東海龍王三太子，你是誰？竟敢打死夜叉？」

哪吒回答：「我是關主李靖的兒子。我只是在洗澡，誰教那夜叉卻無緣無故來罵我。你要是再囉唆，就把你還有你爸爸都抓來剝皮！」龍王三太子罵道：「真無禮！」就拿著武器砍了過來。

哪吒閃開，拋出混天綾，將龍王三太子一圈圈的纏住，讓他現出本來的面目，發現原來是一條龍。哪吒說：「好！把他的筋抽去，做成一條皮帶送給我的父親綁盔甲。」

蝦兵蟹將被打得東倒西歪，只好趕緊逃回龍宮。龍王去找李靖，氣沖沖的說：「你的兒子不知道用了什麼法術，幾乎把我的水晶宮震倒，然後打死夜叉，接著又打死我的三太子，還把他的筋都給抽了！」

李靖連忙說：「哪吒才七歲，怎麼會做這種事？」李靖原本不信，一問哪吒，才發現他手上真的有一條龍筋，當場又氣又急的說：「這罪可不小啊，只要龍王去天宮報告，玉皇大帝就會將我們父子給斬了。」夫人一聽，哭了起來。

哪吒跪著說：「其實我不是凡人，而是乾元山金光洞太乙真人徒弟靈珠子的化身。一人做事一人當，怎能連累父母。現在我去見師父，看他如何處理。」原來，哪吒投胎的原因，是為了幫助賢明的君王反抗暴政。

太乙真人在哪吒胸前畫了一道隱身符，要他到天宮去。哪吒飛到天宮的門口，硬是把龍王給攔住，不讓他去告狀。龍王一氣，決定邀請其他三海的龍王，一起來討回公道。

哪吒沒想到四海龍王都到齊了，一齊來找李靖和夫人，只好說：「我賠你一命就是了，絕不連累父母。」

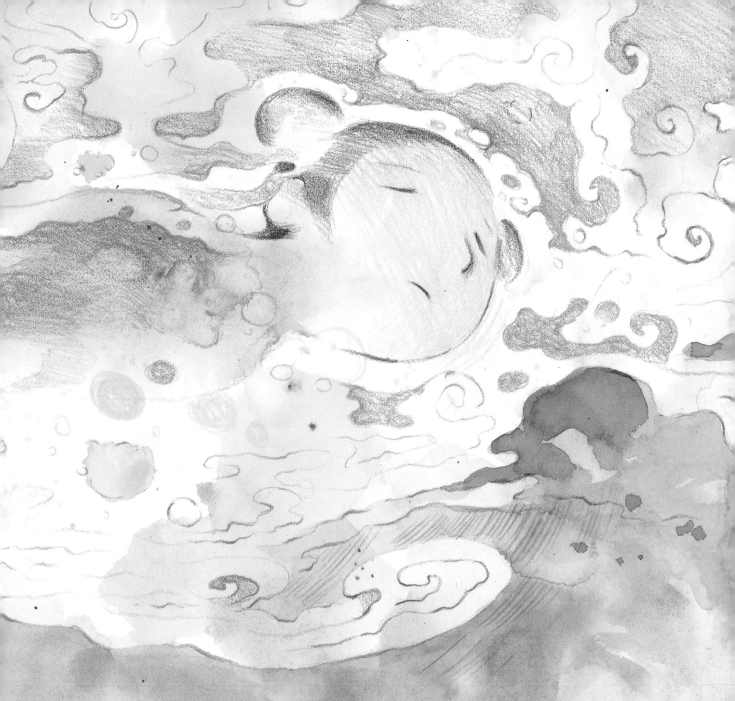

說完，哪吒提起了劍，用自己的性命抵還龍王。他把身體還給父母，既然沒了肉體，三魂七魄也就散了，在天地間飄呀飄。

後來，太乙真人取了三片荷葉，兩枝蓮花，把一粒金丹放在中間，然後將哪吒的魂魄招來，往裡面一推，便跳起一個人來，身形巨大，面容莊嚴，這就是哪吒的蓮花化身。太乙真人化解了哪吒的災難，又傳授哪吒火尖槍和風火輪。

哪吒勤練武藝，　最後還練成用
三個頭、　八隻手同時攻守的神
奇本領。　之後，　姜子牙輔佐周
文王反抗暴政，　哪吒成為先鋒
大將，　帶領軍隊經過許多驚險
的戰鬥，　破了對手各種屬害的
陣法，　最後終於推翻了紂王。

姜子牙將大戰中犧牲的靈魂，全都召集到封神臺來，共封了三百六十五個神位，掌管日月星河，天地萬物，讓世間沒有災難，一片祥和。從此天下太平，哪吒與有功的英雄們一起進入封神榜，前往天庭報到，成為天神。

封神演義
神仙名人榜

讀本

原典解說◎王洛夫

《封神演義》是中國古代的神怪小説，但卻較少受到關注，作者至今眾説紛紜。

許仲琳，一説是陳仲琳，生平不詳。在目前已知最早的《封神演義》版本中，有「鍾山逸叟許仲琳編輯」的署名，因此有學者認為他就是《封神演義》的作者，但也有説法是有人託名於他。

許仲琳

相關的人物

陸西星

呂洞賓

TOP PHOTO

陸西星（1520～1606年），字長庚，是明朝的道教人士。由於參加科舉考試不順利，最後改學道術，創見道教內丹派東派。晚年亦學佛、參禪，著有《方壺外史》、《道緣匯錄》等書。《傳奇匯考》一書中認為陸西星是《封神演義》的作者。據考證，《封神演義》多處引用道教經典，書中的陸壓道人可能是在影射陸西星崇拜的呂洞賓。上圖為清朝丁善長所繪呂洞賓像。

明朝官員，曾任懷遠縣知縣、上思州知州等職，為官清廉，深受百姓愛戴。相傳李雲翔是《封神演義》的改寫者或續書者。

李雲翔

吳承恩

吳承恩，明朝小説家，《西遊記》的作者。他在官場並不順利，但是在創作上卻收穫豐富，可惜最後作品多半失傳。《封神演義》書中的哪吒，應該就是參考吳承恩的《西遊記》來寫作，角色形象和吳承恩筆下的孫悟空大部分一致。

王世貞（右圖），明朝文學家，也是明朝「後七子」領袖之一。擅長寫詩，並倡導文學復古運動，有「文必秦漢，詩必盛唐」的主張。有一說因為王世貞寫的《金瓶梅》太轟動，而被要求呈進宮裡，他害怕內容不適當，所以花了整個晚上寫《封神演義》來代替，但近代學者認為這個說法太荒謬。

王世貞

章培恒

近代研究《封神演義》的代表學者之一，在古籍整理上頗有貢獻，尤其鑽研元明清文學。他認為《封神演義》是由許仲琳所寫，李雲翔補寫完成。

威納

《封神演義》在國外有很多譯本或譯文，其中較早期的譯文是由英國漢學家威納（Edward T. C. Werner）翻譯。他編寫過一本二十世紀初期很暢銷的書《中國神話傳說》（Myths and Legends of China），裡頭就收錄了《封神演義》的故事。

《封神演義》的故事以武王伐紂的歷史為背景，約明朝隆慶、萬曆左右時候成書。

TOP PHOTO

公元前 1130 ～ 公元前 1018 年

牧野之戰，又稱為武王伐紂，是周武王和商朝軍隊在牧野進行的決戰。它的年代說法不一，從公元前 1130 年至公元前 1018 年皆有。這次的戰役採用車戰，周武王的軍隊打敗了陣容龐大的商朝軍隊，商紂王最後在鹿臺自焚而死，結束了商朝六百年的統治。《封神演義》就是以此歷史事件為主線寫成。上圖為河南湯陰麥里城太公殿內的壁畫，呈現姜子牙助周武王伐紂的故事情節。

356 年

據考證，《黃庭經》可能是由魏晉的女道士魏華存所傳，也有人說這本經典早在漢武帝之前就已經開始流傳。現在的《黃庭經》摹刻原版是王羲之書寫的版本，又稱《換鵝帖》。《黃庭經》是道教重要的經典，《封神演義》書中參考了許多《黃庭經》裡的道教思想，甚至引用了十幾個地方。

牧野之戰

相關的時間

黃庭經

1127 ～ 1279 年

《武王伐紂白話文》大約是南宋時候的作品，體裁上屬於講史話本，內容除了揭露商
紂王的暴虐無道之外，也描述有才幹的姜子牙是如何輔佐賢明的周君主，進而展開商
周之戰。《封神演義》就是以《武王伐紂白話文》為基礎，加入其他民間傳說和神話
而創作出來的。右圖為《廣蒙求》中的插圖，描繪武王伐紂時接見神仙的情節。

TOP PHOTO

武王伐紂
白話文

1567 年

明穆宗皇帝在隆慶年間廢除了海禁，調整了海外貿易的政
策，歷史上稱為「隆慶開關」，民間私人的海外貿易終於可
以正大光明的進行。加上 1570 年使邊界趨於和平的「俺答
封貢」，明朝這時候呈現一個比較開放、和平的局勢，《封
神演義》有可能就是在這樣的風氣下創作出來的。

隆慶開關

1573 ～ 1620 年

目前蒐集到最早的《封神演義》版本，是明朝萬曆年間金閶
的舒載陽刻本。在舒載陽刻本的卷二中，有「鍾山逸叟許仲
琳」的題字和署名，因此有不少人認為《封神演義》是許仲
琳所寫的。

舒載陽
刻本

1586 年

自從內閣首府張居正死去之後，便沒人督促明神宗，從這年
起，明神宗開始連續不上朝，沉迷於酒色之中。朝廷上後來
又有國本之爭，爭辯誰才應該成為太子，長達十五年。此時
的中國局勢漸衰，可能影響了《封神演義》相關資料的保存，
使得考證不易。

萬曆怠政

江戶時代

1603 ～ 1867 年

日本江戶時代由德川幕府所統治，是日本最後一個封建統治的時代。《封神演義》在江戶時代就已經有全文的翻譯，
並且受到當時人們的喜愛。《封神演義》最早的舒載陽刻本現在收藏於日本內閣。

《封神演義》裡，有好多神話中厲害的法寶，可以用來消滅妖魔鬼怪。

雕版印刷，是中國最早出現的印刷技術，從唐朝開始發展，到宋朝是全盛時期。雕版印刷首先要製作原稿，再將原稿反轉固定在木板，然後在木板上雕上原稿的文字或圖畫。目前找到最早的《封神演義》版本，就是明朝利用雕版印刷出版的金闖舒載陽刊本。

《封神演義》書裡有十幾個地方引用了《黃庭經》的內容。《黃庭經》是道教上清派的主要經典，也是修煉內丹的主要經典。《黃庭經》認為人的身體裡到處都有「神」，介紹了很多存思觀想的方法，是第一部提出了三丹田理論的經典。

雕版印刷

黃庭經

相關的事物

火尖槍

火尖槍是《封神演義》中哪吒使用的武器之一，槍身長度可以隨意變化，分有兩端，可以兩者結合成為一體，蘊含強大的力量，能用來斬妖除魔。太乙真人利用蓮花和蓮藕幫哪吒死而復生之後，哪吒就用火尖槍和風火輪兩樣法寶找李靖報仇。

照妖鏡是中國神話中常常出現的一種法寶。傳說照妖鏡最早出現於秦朝，是某天打雷的時候從天空上掉下來的，因為可以讓各種妖魔鬼怪現出原形，被秦王封為國寶。在《封神演義》中，照妖鏡是雲中子的法寶，後來送給了徒弟雷震子。

桃花妝相傳是妲己發明的一種化妝方式：把各種花瓣的汁液凝結成脂粉，這種脂粉稱為「燕脂」，塗抹於臉上，達到美化的效果。中國女性使用脂粉，據說就是這時候受到妲己桃花妝的影響。

桃花妝

照妖鏡

后母戊鼎，是中國目前發現的青銅器中最重的一個，現在被列為中國國家一級文物。商朝晚期的時候，王室用它來祭祀。后母戊鼎的腹部鑄有「后母戊」三個字，上面有老虎吃人的圖案，下面有四根圓柱支撐，鼎器的出土為《封神演義》中武王伐紂的這段歷史提供考古證據。

后母戊鼎

TOP PHOTO

多聞天王

多聞天王原出於印度神話，在佛教中與持國天王、增長天王、廣目天王並稱為「四大天王」，是北方的守護神。他右手托寶塔，左手持三叉戟，在唐朝又被視為武神。傳說哪吒是他的兒子。《封神演義》中，托塔天王李靖的形象即來自多聞天王。右圖為九世紀唐朝絹畫〈北方多聞天王像〉，出自甘肅敦煌石窟藏經洞第十七窟。

《封神演義》既有虛構的神怪想像，又有真實歷史為背景。就讓我們走訪各地，一同親菹書中的許多故事場景吧！

《封神演義》裡，雲中子居住的地方在終南山玉柱洞。終南山又稱為南山、 太乙山，是中國道教的起源地之一，有奇異的山峰和岩洞、 清淨的池水和古典的廟寺，風景優美，所以被讚美為「仙都」、「洞天之冠」和「天下第一福地」。

鹿臺又稱為南單臺，位於今天的河南省淇縣。在《封神演義》中，妲己為了幫玉石琵琶精報仇，要紂王命令姜子牙建造鹿臺。據說商紂王為了討好妲己，派人蒐集天下的珍奇寶物和動物，放在鹿臺和鹿苑裡，常常在這裡飲酒作樂，荒廢國事。

終南山

鹿臺

相關的地方

朝歌

渭水

TOP PHOTO

商紂王統治的時候，首都是朝歌，也就是今天的河南省淇縣。在《封神演義》中，姜子牙曾經擔任過商朝的小官吏，在首都朝歌任職。當時政治腐敗，百姓生活得很苦，姜子牙於是辭官離開了朝歌。上圖為河南淇縣商紂王之墓。

相傳姜子牙因為不受商朝諸侯的賞識，所以來到渭水這邊釣魚，希望可以因此而遇到賢明的君主。他用筆直的金屬線當作魚鉤來釣魚，當周文王出巡到這裡的時候，發現了姜子牙，並親自將他請回都城。實際上，渭水是黃河的第一大支流，流經甘肅、寧夏、陝西三個省份，沿途地貌多變，形成豐富的景觀。

岐山位在陝西省的西部，是周朝崛起奠基的地方，也是《黃帝內經》、《周易》等經典成書的地方。《封神演義》中，姜子牙因為建造鹿臺一事斥責商紂王，被下令處死，他藉由水遁逃走以後，便離開朝歌，前往岐山。

岐山

孟津

河南孟津，是黃河上的一個古老渡口。《封神演義》描述姜子牙因為在朝歌無法伸展政治抱負，於是來到了孟津，開設了一家牛肉湯館。在牛肉湯館裡，他遇到形形色色的人，聽著各地交流的訊息，後來聽到周國君主西伯昌很賢明，於是出發前往周國。

TOP PHOTO

崑崙山

崑崙山是中國西部山脈的主幹，從帕米爾高原東部延伸到青海境內，古人稱之為「龍祖之脈」。《封神演義》裡多次提到崑崙山，因為崑崙山在中國古代被認為是世界的邊緣，傳說山中住著西王母，是百神的住所。上圖為青藏高原的崑崙山雪山山脈。

封神演義

　　《封神演義》是十七世紀明朝的章回小說，相傳是陸西星所作，也有一說是許仲琳。作者深研道術，因此對道教與佛教中的神明都非常了解，憑著豐富的學養和想像，塑造出生動鮮明的神怪天地。

　　小說的背景是在商朝末年，帝位傳到三十一世紂王的時候，政治十分腐敗，人民怨聲載道。紂王因為貪好美色，寵愛妲己，卻不知道她竟是一隻狐狸精，聽信了她挑撥是非的讒言，誤殺了自己的妻子和兒子。紂王還事事聽從妲己的建議，對於不順從他的臣子妃子，都給予殘酷的處罰。

　　紂王的作法，讓他失去了民心。有些大臣看不下去，冒著被殺的危險，勇敢勸諫。大臣比干是德行崇高的忠臣，是少數能協助紂王的人。妲己擔心比干影響紂王，於是在紂王耳邊說自己病了，需要比干的心來煎藥。紂王竟然相信了，比干因而被殺害。這件事讓原本堅持忠心對待紂王的人民都徹底失望，轉而支持周武王。

　　天下處在饑荒之中，紂王卻貪圖享受，向老百姓收重稅，打算建造高聳的宮殿「鹿臺」。

三十一世傳殷紂，商家脈絡如斷弦。荒亂朝綱絕倫
紀，殺妻誅子信讒言。穢污宮闈寵妲己，蠆盆炮烙忠
貞冤。鹿臺聚斂萬姓苦，愁聲怨氣應障天。

——《封神演義‧第一回》

在這樣的背景下，王侯、修道者、仙佛神鬼等，都群起反抗。

作者描寫了許多戰爭場面，也設計了各式陣法和兵器，雄渾壯
闊，氣勢不凡。書中每個人物都各具特色，除了《史記》、《尚書》
等經典的考證外，也揉合儒家、佛教和道教的典故，融入了民間信
仰，可說是千古難得的奇書，地位僅次於《西遊記》。

雖然也有人評論書中太多「怪
力亂神」，荒誕不經，然而並不
減損此書的魅力。直到今天許多戲
劇、電影、電視和描寫神怪的文藝
創作，往往根據書中人物來演繹或
改寫，可見《封神演義》的影響力
多麼深遠！

子牙不忍分離，又送了一程，各灑淚而別。後來李靖、金吒、木吒、哪吒、楊戩、韋護、雷震子，此七人俱是肉身成聖。——《封神演義‧第一百回》

周武王起兵討伐紂王，請姜子牙擔任國師，網羅了各色各路的人才，經過了曲曲折折的過程、大大小小的戰役，終於推翻暴政。戰事結束，天下歸於祥和太平，百姓終於得到解脫。

在對於人物與戰爭詳細的描繪裡，可以發現書中隱含儒家忠義仁恕的精神，崇尚以仁政取代暴政的理念。書中人物如周文王、李靖、黃飛虎等，起初效忠於紂王，後來選擇唾棄暴政，也符合儒家「人心向背」的說法。

除此之外，也可發現作者想藉這部著作弘揚道教的意圖。書中不僅描寫許多神仙修道的情境，也提出「天命」之說，更兼含星相、占卜和儒家《易經》的說法，十分豐富有趣。其中，包括武王伐紂、哪吒助姜子牙、闡教與截教中許多仙人和戰將的生死，都是基於作者所強調的「天命」。

然而故事中的天命說卻也存在不合理、含糊帶過的缺點。例如

女媧為了報復而派遣妲己迷惑紂王，造成天下大亂。妲己後來被處死，但是書中卻對女媧的懲處沒有交代，似乎和道教「善惡終有報」的精神相違背。

　　「封神」的觀念，來自於道教修行的傳統。凡人只要能積功累德、潛心修道，最後都能成仙。李靖、金吒、木吒、哪吒、楊戩、韋護、雷震子七人能肉身成聖，一來是由於勞苦功高，再則是由於他們不貪戀權位，選擇回到山上修道。當戰事平定，姜子牙需要人才治理天下時，這七人不戀人間榮華，選擇離去，成為天神治理萬物，讓姜子牙非常不捨。

　　除了推崇「天人合一」和「不居功」的精神，書中尚有許多詩詞歌賦，讓寫景敘事更具詩意。像是李靖等七人不貪圖人間富貴，飄逸的化羽成仙，飛向封神臺，彩雲飄飄，星月放光，是個既詩意又浪漫的結局。

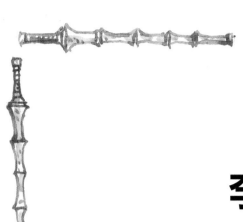

李靖

李靖曾在西崑崙山上修行，拜度厄真人為師，學成了五行遁術，然而人要成仙談何容易？李靖雖然認真，卻一直修不成正果，成不了神仙。他的師父於是派他下山，等待機緣。他先擔任陳塘關的總兵大人，鎮守軍事重地，輔佐紂王治理天下，位高權重。

李靖十八般武藝樣樣精通，也熟知兵法和陣形。當時天下有變，諸侯開始起兵反抗。李靖天天勤於練兵，防範敵人來攻。

李靖有三個兒子，各個都拜名師勤學武藝與道術。老大名叫金吒，老二名叫木吒，老三出生時，太乙真人來拜訪，收為徒弟，為他取名哪吒。李靖的個性忠誠、英勇、負責、耿直，原先對紂王忠心耿耿，各路軍隊遇到李靖都無法取勝。直到對紂王失去了希望，又聽聞太師戰死，李靖才投靠姜子牙，使周武王的西岐軍聲勢大振，也讓他不至於淪為「愚忠」。他帶著三個兒子出生入死，屢次破了

話說陳塘關有一總兵官，姓李，名靖，自幼訪道修真，拜西崑崙度厄真人為師，學成五行遁術。因仙道難成，故遣下山輔佐紂王，官居總兵，享受人間之富貴。 ──《封神演義·第十二回》

敵人陣地，立了大功。戰爭結束，父子四人都成了封神榜上的天神，李靖後來被稱為「托塔李天王」。

　　李靖在歷史上真有其人，是唐朝的軍事家。因為深知兵略，建立了彪炳的軍功，還留下了兵書的著作，死後更被奉為神明。作者塑造李靖的形象時，應該是參考了這些事蹟。而在佛教護法神中，北方「多聞天王」一般被公認為是「托塔李天王」的原型。唐朝時期，人們將李靖和多聞天王連結起來，是廟宇中供奉的戰神。因融合了佛教多聞天王的形象，使得《封神演義》中的李靖形象更加鮮明豐富。

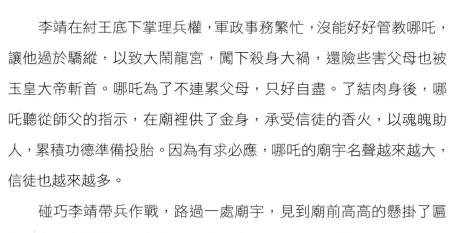

李靖指而罵曰：「畜生！你生前擾害父母，死後愚弄百姓！」罵罷，提六陳鞭，一鞭把哪吒金身打得粉碎。

——《封神演義・第十四回》

　　李靖在紂王底下掌理兵權，軍政事務繁忙，沒能好好管教哪吒，讓他過於驕縱，以致大鬧龍宮，闖下殺身大禍，還險些害父母也被玉皇大帝斬首。哪吒為了不連累父母，只好自盡。了結肉身後，哪吒聽從師父的指示，在廟裡供了金身，承受信徒的香火，以魂魄助人，累積功德準備投胎。因為有求必應，哪吒的廟宇名聲越來越大，信徒也越來越多。

　　碰巧李靖帶兵作戰，路過一處廟宇，見到廟前高高的懸掛了匾額，上面寫著「哪吒行宮」四字，大殿裡哪吒形象栩栩如生，左右各站立了陰間判官。李靖看了不但不覺得欣慰，反而非常生氣，指著哪吒的金身罵道：「畜生！你在生前造成父母的煩惱，害我們差點喪命，死後竟然還在這裡愚弄百姓！」接著提起他的「六陳鞭」，氣憤的打壞了哪吒的金身，還吩咐手下對信眾說這裡供奉的是妖孽，不可以崇拜。

哪吒造福了許多信眾，本是好事。但李靖卻將他逼到絕境，讓哪吒十分傷心。他的金身壞了，魂魄沒有地方依附。在太乙真人的幫助之下，哪吒成了蓮花化身，比肉身更具威力，太乙真人還傳授了火尖槍和風火輪，使哪吒更添神力。但是哪吒仍對金身被毀壞的事無法忘懷，決定前去找李靖復仇。哪吒武功比以前高強，李靖只能一路敗逃。幸好遇到燃燈道人贈予李靖玲瓏寶塔，將哪吒困在塔內。哪吒這才認錯，父子兩人重歸於好。之後，寶塔成了李靖手中的寶物，若哪吒再有冒犯，便可隨時治他。

　　太乙真人藉著這個機會大挫哪吒的銳氣，也提升他的智慧，幫李靖管教兒子。經歷這些事，李靖與哪吒的關係變得更緊密。後來李靖能在關鍵戰役中取勝，父子合作無間無疑是最主要的致勝因素。

哪吒

　　哪吒的天命是要成為先鋒大將，協助姜子牙擊敗紂王，所以具有一身不凡的本領，但七歲的他並不自知。他的乾坤圈和混天綾，竟引起龍宮的大騷動，一不小心就打死了尋海的夜叉。而後東海龍王的三太子帶著蝦兵蟹將前來，年少無知的哪吒竟用混天綾纏得他露出小龍的本像。

　　哪吒並不知道自己已經闖下大禍，還想拿著小龍的龍筋給爸爸當腰帶呢！卻沒想到此舉讓父母憤怒又傷心，因為玉皇大帝若追究起來，一家可能都會沒命。但哪吒闖下的禍事還不僅如此，接著他又拿起父親的弓箭練習，一不小心射死了石磯娘娘的徒弟碧雲童兒，不僅造成太乙真人和石磯娘娘的一場大戰，甚至讓石磯娘娘喪命。

　　具有傷人的能力，卻缺乏控制的智慧，這不是許多少年的寫照嗎？哪吒具有一身好本領，具備數樣好武器，卻因為心性不夠穩定，

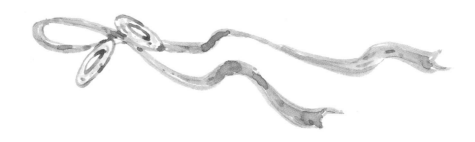

哪吒曰：「打出這小龍的本像來了。也罷，把他的筋抽去，做一條龍筋縧與俺父親束甲。」

——《封神演義‧第十二回》

一時誤用，傷了別人，也害了自己。哪吒的命運與劫難都在太乙真人的預料之中，然而天命如此，無法改變，只能藉此磨去哪吒驕縱的習氣，挫挫他的殺氣，轉化他的脾性。

哪吒的個性衝動，若以現今的角度來看，可說是一個情緒不穩，好勝又易怒的人。在書中，哪吒是讓人印象最深的角色之一。他的孩童外表象徵著純真，也代表著無知。從哪吒要送爸爸龍筋腰帶、後來怕龍王告狀連累父母，在天宮門口偷襲龍王敖光揭他的鱗片等等，種種行徑都反映出了哪吒的兒童心性。然而這些行為都只能算是「愚孝」，不能為父母帶來真正的寬慰。

哪吒為自己的行為付出了慘痛的代價，但他勇於認錯，負責而不推諉，也預言了未來的浴火重生。

只見哪吒厲聲叫曰:「一人行事一人當,我打死敖丙、李艮,我當償命,豈有子連累父母之理!」

——《封神演義‧第十四回》

　　哪吒因為怕牽連父母,便在天宮前攔住東海龍王敖光,不讓他去告狀。敖光一氣之下,邀集了四海龍王一起去找李靖討回公道。這時候哪吒所有的方法都用盡了,曉得自己劫數難逃,殺人得償命。為了保全父母,他展現了過人的氣魄,毀壞自己的身體,勇敢承擔罪責,卻也因此失去了肉身。

　　哪吒的故事相當經典,描寫了火爆浪子的曲折遭遇和成長過程。哪吒大鬧龍宮時不是沒有孝心,但愚孝只會帶給父母災難。歷經這段劫難,他的心性更沉穩,武藝和智慧都增加了。這也使得他後來能在戰場上充分發揮,最後功成名就,肉身成聖,登入封神臺。哪吒曾一度讓父母十分憂心,甚至忤逆,但終能脫胎換骨,真的是浪子回頭,讓父母感到榮耀。

　　哪吒失去了肉身,卻因為太乙真人相助,得到了蓮花化身。蓮花是一種比喻,代表哪吒「出淤泥而不染」,脫離了凡夫的習氣。後來哪吒擔任姜子牙的先行官,兼具智慧與神勇,在攻城時總是一

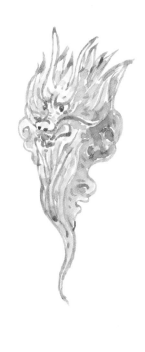

馬當先，出奇制勝。

　　破青龍關時，敵將丘引練就的兵器紅珠，對凡胎肉體總是戰無不勝，但遇到哪吒的蓮花化身就起不了太大的作用。在氾水關大戰余化時，哪吒中了化血刀的毒，若是血肉之軀則當下即死，哪吒卻能撐著等到楊戩盜回仙丹解毒。哪吒這回負傷，只得回乾元洞療養，下山時竟練成三頭八臂的本領，以及八種兵器，於是又再次重生，成為大破誅仙陣的功臣。

　　前後的對比，可以看出哪吒蓮花化身「不染」與「重生」的意義。原先無知的過錯，是讓蓮花得以綻放的淤泥。哪吒的形象鮮活，故事的寓意也深入人心。縱使犯下殺身大錯的人，只要懂得懺悔，提升生命價值，一樣也能有修成正果的一天。

姜子牙

　　姜子牙是闡教教主元始天尊的徒弟，三十二歲時上崑崙山玉虛宮學道，經過四十年的苦修才下山。

　　元始天尊對他說：「你生來命薄，仙道難成，只可受人間之福。成湯數盡，周室將興。你與我代勞，封神下山，扶助明主，身為將相，幫助西岐。」

　　姜子牙奉命下山時，元始天尊就已預言封神，在滅掉商朝，戰事結束之後，姜子牙將回玉虛宮請命，將陣亡的忠臣孝子、遇難的神仙道人封為天神。

　　儘管姜子牙一心想要留在崑崙山上求道，無奈天命如此，師父不肯留他。下山後，剛開始他只能寄居在朋友家中。為了謀生，他曾經編製竹簍，也開過飯館、賣過牛馬豬羊、為人算命。姜子牙生活雖清苦，卻總相信自己將成為將相，當前的困苦只是上天對他的磨練，所以他不斷努力自修，學習用兵和治國的方法，等

子牙雙手齊放，只見霹靂交加，一聲響亮，火滅煙消，現出一面玉石琵琶來。紂王與妲己曰：「此妖已現真形。」——《封神演義·第十七回》

待有一天能為百姓效力。

　　有一天，姜子牙在一處市集上為人相命時，發現一名婦人為玉石琵琶精所變，立刻抓住她不放，用硯臺打她的頭。恰好大臣比干經過，問明事情原委之後，便帶姜子牙去見紂王。姜子牙在紂王面前，用三昧真火將琵琶精燒出原形，紂王發現他有點本事，便封他為下大夫。

　　原來，玉石琵琶精與妲己都是女媧指派來危害商紂王與商朝的。如今，玉石琵琶精被姜子牙所害，妲己為了要幫玉石琵琶精報仇，故意出了一個難題，要紂王命姜子牙建造鹿臺。姜子牙覺得紂王在饑荒時不顧百姓安危，卻動用民力建造宮殿享樂，便勸諫紂王。他早已預料勸諫無效，紂王果然一氣之下要殺了他，姜子牙於是藉水遁的神功逃走。水遁之後，又藉土遁將不願建造鹿臺的逃難百姓移往城外，足以證明他的道行高深，仁慈為民。

　　此後，姜子牙就去了西岐，潛心修道，隱居十年，等待天命。

渭水溪頭一釣竿，鬢霜皎皎白於紈。胸橫星斗沖霄漢，氣吐紅霓掃日寒。養老來歸西伯下，避免拼棄舊王冠。自從夢入飛熊後，八百餘年享奠安。

—《封神演義‧第二十四回》

　　姜子牙在歷史上確有其人，名尚，字子牙。周朝時他被冊封在今日的山東，是齊國最早的君主。後世尊他為「百家宗師」，也供奉為神明。

　　姜子牙在商朝時當過小官，後來不願忍受紂王暴政，便辭官離開，隱居於蟠溪峽。據說姜子牙曾在磁泉邊背對水面釣魚。一般魚鉤都是彎的，他卻以直鉤釣魚，而且不用魚餌，於是有了「姜太公釣魚，願者上鉤」的典故。

　　《史記‧齊太公世家》中，記載周文王遇到姜子牙前，曾夢見飛熊，《封神演義》也有相關描寫。周文王夢見長了翅膀的熊往帳中飛來，不知是吉是凶。有一天，周文王到渭河一帶打獵，遇見姜子牙坐在河邊垂釣。交談之後，發現他的言語間充滿智慧，能文能武，道號正是飛熊，不

正是周朝從太公亶父起就一直盼望出現的賢才嗎？於是周文王高興的說：「我的太公盼望您很久了！」所以姜子牙又號「太公望」，俗稱姜太公，被周文王尊為國師。當天下諸侯共同起兵討伐紂王時，姜子牙被任命為統帥。

《封神演義》描寫了許多仙人相助姜子牙反抗紂王的場景。經過幾番激烈的戰鬥，過了一關又一關，破了誅仙、十絕等陣，姜子牙甚至死去又被救活，才終於得勝。《史記》則記載了「牧野之戰」，紂王聚集數量上占絕對優勢的大軍，以一群奴隸為先鋒，不料卻在陣前倒戈，支持武王。姜子牙以寡擊眾，大獲全勝，紂王最後自焚而死。

《封神演義》推崇姜子牙為修道者的典範，將他描寫成學識淵博、道行高深、樂天知命且不貪戀榮華的聖者。因為《封神演義》中成功的人物塑造，使姜太公的故事更充滿傳奇色彩，流傳廣遠。

當封神演義的朋友

　　哪一本書裡面藏有這麼多神仙妖魔？哪一本書裡面還說出了他們厲害的絕技？哪一本書可以從明朝流傳到現在，讓其中豐富又奇特的幻想與生動活潑的神怪形象，在不同的時空裡閃閃發光？

　　《封神演義》的背景發生在久遠的商朝末年，當時紂王暴虐無道，平民百姓生活困苦。還好周文王與周武王出現，身邊還有姜太公輔佐，再加上眾多神怪相助，終於成功滅掉商朝，建立了周朝。

　　雖然《封神演義》與史實不盡相同，也增添了許多民間傳說與想像，然而這並不減損後代讀者對它的喜愛與欣賞。書中活靈活現的人物，還有呼風喚雨、騰雲駕霧的絕技，是不是也讓你想與他們當朋友了呢？

　　你喜歡驕縱任性卻勇於改過的哪吒、精通兵法又忠誠勇敢的李靖，還是沉潛十年等待賢君的姜子牙？你也想跟書中的神怪一樣，擁有上天下地的本領，憑著乾坤圈、混天綾，就能把整個世界弄得天翻地覆的本事嗎？

　　當《封神演義》的朋友，你會認識淡定釣魚的姜太公，學習他沉著穩重的態度；你會認識騎著風火輪奔馳的哪吒，發現即使他有著大鬧龍宮的衝動個性，內心卻還是個純真善良的孩子。你也會發現即使李靖看起來是個嚴格的父親，還毀壞哪吒的金身，然而這一切也由於他正直忠誠的個性。

　　當《封神演義》的朋友，你會發現，這部神怪故事書中充滿了如此豐富的幻想情節，能帶領你進入另一個奇想世界。

我是大導演

看完了封神演義的故事之後，
現在換你當導演。
請利用紅圈裡面的主題（神話），
參考白圈裡的例子（例如：哪吒），
發揮你的聯想力，
在剩下的三個白圈中填入相關的詞語，
並利用這些詞語畫出一幅圖。

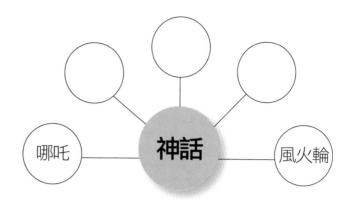

◎ 少年是人生開始的階段。因此，少年也是人生最適合閱讀經典的時候。這個時候讀經典，可為將來的人生旅程準備豐厚的資糧。因為，這個時候讀經典，可以用輕鬆的心情探索其中壯麗的天地。

◎ 【經典少年遊】，每一種書，都包括兩個部分：「繪本」和「讀本」。繪本在前，是感性的、圖像的，透過動人的故事，來描述這本經典最核心的精神。小學低年級的孩子，自己就可以閱讀。讀本在後，是理性的、文字的，透過對原典的分析與說明，讓讀者掌握這本經典最珍貴的知識。小學生可以自己閱讀，或者，也適合由家長陪讀，提供輔助說明。

◎ 【經典少年遊】，我們先出版一百種中國經典，共分八個主題系列：詩詞曲、思想與哲學、小說

001 世說新語　魏晉人物畫廊
A New Account of Tales of the World: Anecdotes in the Southern and Northern Dynasties

故事／林羽豔　原典解說／林羽豔　繪圖／吳亦之

東漢滅亡之後，魏晉南北朝便出現了。雖然局勢紛亂，但是卻形成了自由開放的風氣。《世說新語》記錄了那個時代裡，那些人物怎麼說話、如何行事。讓我們看到他們的氣度、膽識與才學，還有日常生活中的風雅與幽默。

002 搜神記　神怪故事集
In Search of the Supernatural: Records of Gods and Spirits

故事／劉美瑤　原典解說／劉美瑤　繪圖／顧珮仙

晉朝的干寶，搜集了許多有關神仙鬼怪與奇思異想的故事，成為流傳至今的《搜神記》。別小看這些篇幅短小的故事，它們有些是自古流傳的神話，有的是民間傳說，統稱為「志怪小說」，成為六朝文學的燦爛花朵。

003 唐人傳奇　浪漫的傳說故事
Tang Tales: Collections of Tang Stories

故事／康逸藍　原典解說／康逸藍　繪圖／林心雁

正直的書生柳毅相助小龍女，體驗海底龍宮的繁華，最後還一同過著逍遙自在的生活。唐人傳奇是唐朝的文言短篇小說，內容充滿奇幻浪漫與俠義豪邁。在這個世界裡，我們不僅經歷了華麗的冒險，還看到了如夢似幻的生活。

004 竇娥冤　感天動地的竇娥
The Injustice to Dou E: Snow in Midsummer

故事／王蕙瑄　原典解說／王蕙瑄　繪圖／榮馬

善良正直的竇娥，為了保護婆婆，招認自己從未犯過的罪。行刑前，她許下三個誓願：血濺白布、六月飛雪、三年大旱，期待上天還她清白。三年後，竇娥的父親回鄉判案，他能發現事情的真相嗎？竇娥的心聲，能不能被聽見？

005 水滸傳　梁山好漢
Water Margin: Men of the Marshes

故事／王宇清　故事／王宇清　繪圖／李遠聰

林沖原本是威風的禁軍教頭，他個性正直、武藝絕倫，還有個幸福美滿的家庭，無奈遇上了欺壓百姓的太尉高俅，不僅遭到陷害，還被流放到偏遠地區當守軍。林沖最後忍無可忍，上了梁山，成為梁山泊英雄的一員大將。

006 三國演義　風起雲湧的英雄年代
Romance of the Three Kingdoms: The Division and Unity of the World

故事／詹雯婷　原典解說／詹雯婷　繪圖／蔣智鋒

曹操要來攻打荊州了！劉備與孫權該如何應戰，周瑜想出什麼妙計？大戰在即，還缺十萬支箭，孔明卻帶著二十艘船出航！羅貫中的《三國演義》，充滿精采的故事與神機妙算，記錄這個風起雲湧的英雄年代。

007 牡丹亭　杜麗娘還魂記
Peony Pavilion: Romance in the Garden

故事／黃秋芳　原典解說／黃秋芳　繪圖／林虹亨

官家大小姐杜麗娘，遊賞美麗的後花園之後，受寒染病，年紀輕輕就離開人世。沒想到，她居然又活過來！這到底是怎麼一回事？明朝劇作家湯顯祖寫《牡丹亭》，透過杜麗娘死而復生的故事，展現人們追求自由的浪漫與勇氣！

008 封神演義　神仙名人榜
Investiture of the Gods: Defeating the Tyrant

故事／王洛夫　原典解說／王洛夫　繪圖／林家棟

哪吒騎著風火輪、拿著混天綾，一不小心就把蝦兵蟹將打得東倒西歪！個性衝動又血氣方剛的哪吒，要如何讓父親李靖理解他本性善良？又如何跟著輔佐周文王的姜子牙，一起經歷驚險的戰鬥，推翻昏庸的紂王，拯救百姓呢？

009 三言　古今通俗小說
Three Words: The Vernacular Short-stories Collections

故事／王蕙瑄　原典解說／王蕙瑄　繪圖／周庭萱

許宣是個老實的年輕人，在下著傾盆大雨的某一日遇見白娘子，好心借傘給她，兩人因此結為夫妻。然而，白娘子卻讓許宣捲入竊案，害得他不明不白的吃上官司。在美麗華貴的外表下，白娘子藏著什麼秘密？她是人還是妖？

010 聊齋誌異　有情的鬼狐世界
Strange Stories from a Chinese Studio: Tales of Foxes and Ghosts

故事／岑澎維　原典解說／岑澎維　繪圖／鍾昭弋

有個水鬼名叫王六郎，總是讓每天來打漁的漁翁滿載而歸。善良的王六郎會不會永遠陪著漁翁捕魚？好心會有好報嗎？蒲松齡的《聊齋誌異》收錄各式各樣的鄉野奇談，讓讀者看見那些鬼狐精怪的喜怒哀樂，原來就像人類一樣。

與故事、人物傳記、歷史、探險與地理、生活與素養、科技。每一個主題系列，都按時間順序來選擇代表性的經典書種。

◎ 每一個主題系列，我們都邀請相關的專家學者擔任編輯顧問，提供從選題到內容的建議與指導。我們希望：孩子讀完一個系列，可以掌握這個主題的完整體系。讀完八個不同主題的系列，可以不但對中國文化有多面向的認識，更可以體會跨界閱讀的樂趣，享受知識跨界激盪的樂趣。

◎ 如果說，歷史累積下來的經典形成了壯麗的山河，【經典少年遊】就是希望我們每個人都趁著年少探索四面八方，拓展眼界，體會山河之美，建構自己的知識體系。少年需要遊經典。經典需要少年遊。

011 說岳全傳　盡忠報國的岳飛
The Complete Story of Yue Fei: The Patriotic General
故事／鄒敦怜　原典解說／鄒敦怜　繪圖／朱麗君

岳飛才出生沒多久，就遇上了大洪水，流落異鄉。他與母親相依為命，又拜周侗為師，學習武藝，成為一個文武雙全的人。岳飛善用兵法，與金兵開戰；他最終的志向是一路北伐，收復中原。這個心願是否能順利達成呢？

012 桃花扇　戰亂與離合
The Peach Blossom Fan: Love Story in Wartime
故事／趙予彤　原典解說／趙予彤　繪圖／吳泳

明朝末年國家紛亂，江南卻是一片歌舞昇平。李香君和侯方域在此相戀，桃花扇是他們的信物。他們憑一己之力關心國家，卻因此遭到報復。清朝劇作家孔尚任，把這段感人的故事寫成《桃花扇》，記載愛情，也記載明朝歷史。

013 儒林外史　官場浮沉的書生
The Unofficial History of the Scholars: Life of the Intellectuals
故事／呂淑敏　原典解說／呂淑敏　繪圖／李遠聰

匡超人原本是個善良孝順的文人，受到老秀才馬二與縣老爺的賞識，成了秀才。只是，他變得愈來愈驕傲，也一步步走入錯。清朝作家吳敬梓的《儒林外史》，把官場上的形形色色全寫進書中，成為一部非常傑出的諷刺小說。

014 紅樓夢　大觀園的青春年華
The Story of the Stone: The Flourish and Decline of the Aristocracy
故事／唐香燕　原典解說／唐香燕　繪圖／麥震東

劉姥姥進了大觀園，看到賈府裡的太太、小姐與公子，瀟湘館、秋爽齋與蘅蕪苑的美景，還玩了行酒令、吃了精巧酥脆的點心。跟著劉姥姥進大觀園，體驗園內的新奇有趣，看見燦爛的青春年華，走進《紅樓夢》的文學世界！

015 閱微草堂筆記　大家來說鬼故事
Random Notes at the Cottage of Close Scrutiny: Short Stories About Supernatural Beings
故事／邱慧敏　故事／邱慧敏　繪圖／楊瀚橋

世界上真的有鬼嗎？遇到鬼的時候該怎麼辦？看看紀曉嵐的《閱微草堂筆記》吧！他會告訴你好多跟鬼狐有關的故事。長舌的女鬼、嚇人的笨鬼、扮鬼的壞人、助人的狐鬼。看完這些故事，你或許會覺得，鬼狐比人可愛多了呢！

016 鏡花緣　海外遊歷
Flowers in the Mirror: Overseas Adventures
故事／趙予彤　原典解說／趙予彤　繪圖／林虹亨

失意的文人唐敖，跟著經商的妹夫林之洋和博學的多九公一起出海航行，經過各種奇特的國家。來到女兒國，林之洋竟然被當成王妃給抓走了！翻開李汝珍的《鏡花緣》，看看他們的驚奇歷險，猜一猜，他們最後如何歷劫歸來？

017 七俠五義　包青天為民伸冤
The Seven Heroes and Five Gallants: The Impartial Judge
故事／王洛夫　原典解說／王洛夫　繪圖／王韶薇

包公清廉公正，但幸相龐太師卻把他看作眼中釘，想作法陷害。包公能化險為夷嗎？豪俠展昭是如何發現龐太師的陰謀？說書人石玉崑和學者俞樾，把包公與江湖豪傑的故事寫成《七俠五義》，精彩的俠義故事，讓人佩服！

018 西遊記　西天取經
Journey to the West: The Adventure of Monkey
故事／洪國隆　原典解說／洪國隆　繪圖／BO2

慈悲善良的唐三藏，帶著聰明好動的悟空、好吃懶做的豬八戒、刻苦耐勞的沙悟淨，四人一同到西天取經。在路上，他們會遇到什麼驚險意外？踏上《西遊記》的取經之旅，和他們一起打敗妖怪，潛入芭蕉洞，恣意冒險！

019 老殘遊記　帝國的最後一瞥
The Travels of Lao Can: The Panorama of the Fading Empire
故事／夏婉雲　原典解說／夏婉雲　繪圖／蘇奔

老殘是個江湖醫生，搖著串鈴，在各縣市的大街上走動，幫人治病。他一邊走，一邊欣賞各地風景民情。清朝末年，劉鶚寫《老殘遊記》，透過主角老殘的所見所聞，遊歷這個逐漸破敗的帝國，呈現了一幅抒情的中國山水畫。

020 故事新編　換個方式說故事
Old Stories Retold: Retelling of Myths and Legends
故事／洪國隆　原典解說／洪國隆　繪圖／施怡如

嫦娥與后羿結婚後，有幸福美滿嗎？所有能吃的動物都被后羿獵殺精光，只剩下烏鴉和麻雀可以吃！嫦娥變得愈來愈瘦，勇猛的后羿能解決困境嗎？魯迅重新編寫中國的古代神話，翻新古老傳說的面貌，成為《故事新編》。

經典。
少年遊

youth.classicsnow.net

008
封神演義　神仙名人榜
Investiture of the Gods
Defeating the Tyrant

編輯顧問（姓名筆劃序）
王安憶　王汎森　江曉原　李歐梵　郝譽翔　陳平原
張隆溪　張臨生　葉嘉瑩　葛兆光　葛劍雄　鄭培凱

故事：王洛夫
原典解說：王洛夫
繪圖：林家棟
人時事地：洪嘉君

編輯：鄧芳喬 張瑜珊 張瓊文
美術設計：張士勇
美術編輯：顏一立
校對：陳佩伶

企畫：網路與書股份有限公司
出版者：大塊文化出版股份有限公司
台北市10550南京東路四段25號11樓
www.locuspublishing.com
讀者服務專線：0800-006689
TEL：+886-2-87123898
FAX：+886-2-87123897
郵撥帳號：18955675
戶名：大塊文化出版股份有限公司
法律顧問：全理法律事務所董安丹律師

總經銷：大和書報圖書股份有限公司
地址：新北市新莊區五工五路2號
TEL：+886-2-8990-2588
FAX：+886-2-2290-1658
製版：沈氏藝術印刷股份有限公司

初版一刷：2014年4月
定價：新台幣299元